La ~~~~~~
des pluies

153796-5

Bibliothèque Municipale d'Alma

Après la pluie, vient le beau temps
même sur notre site, le
www.soulieresediteur.com

**Du même auteur
Chez le même éditeur**

Que faire si des extraterrestres atterrissent sur votre tête, roman, 2004

Poésie pour adultes
La somme des vents contraires, Les Herbes rouges, 2006, Finaliste pour le Prix de poésie Terrasses Saint-Sulpice de la revue Estuaire, Finaliste pour le Prix du Gouverneur général de poésie.

Choix d'apocalypses, Les Herbes rouges, 2003, Finaliste pour le Prix du Gouverneur général, Finaliste pour le Grand Prix du livre de Montréal, Finaliste pour le prix Émile-Nelligan, Mention pour le prix Jacqueline-Déry-Mochon.

La saison
des pluies

**un roman écrit par
Mario Brassard
et illustré par Suana Verelst**

SOULIÈRES | ÉDITEUR

case postale 36563 — 598, rue Victoria
Saint-Lambert (Québec) J4P 3S8

Soulières éditeur remercie le Conseil des Arts du Canada et la SODEC de l'aide accordée à son programme de publication et reconnaît l'aide financière du gouvernement du Canada par l'entremise du Fonds du livre du Canada (FLC) pour ses activités d'édition. Soulières éditeur bénéficie également du Programme de crédit d'impôt pour l'édition de livres – Gestion Sodec – du gouvernement du Québec.

Dépôt légal : 2011
Bibliothèque nationale du Canada
Bibliothèque nationale du Québec

Données de catalogage avant publication (Canada)

Brassard, Mario
    La saison des pluies.
    (Collection Ma petite vache a mal aux pattes ; 102)
    Pour enfants de 6 ans et plus.

    ISBN 978-2-89607-127-2

    I. Verelst, Suana. II. Titre. III. Collection : Collection Ma petite vache a mal aux pattes ; 102.
PS8553.R298S24 2011   jC843'.6   C2010-942496-4
PS9553.R298S24 2011

Conception graphique de la couverture :
Annie Pencrec'h

Illustrations : Suana Verelst

Logo de la collection :
Caroline Merola

Copyright © Mario Brassard, Suana Verelst
et Soulières éditeur
ISBN 978-2-89607-127-2
Tous droits réservés

À Noémie.

Papa est mort aujourd'hui.

Je me sens comme dans un rêve, sauf que c'est un cauchemar. Je n'arrive pas à y croire. Il doit forcément y avoir une erreur, un malentendu, une porte par où sortir d'ici.

Tout se répare. C'est papa lui-même qui le disait pour me consoler, lorsque je brisais un jouet. Les choses doivent pouvoir revenir à la normale et papa à la maison. La nuit ne peut pas commencer en plein jour, non.

Je ne demande pas grand-chose : je demande à avoir juste assez de doigts pour me pincer, pour me frotter les yeux et me réveiller à nouveau dans ses bras.

C'est grand-papa qui m'a annoncé la nouvelle, à mon retour de l'école.

J'étais surpris et heureux de le voir, parce qu'il habite loin et qu'il ne vient pas souvent nous visiter. Mais quand j'ai vu qu'il était assis sur le bout du divan, ses bottes de pluie encore dans les pieds, et qu'il ne me souriait pas, j'ai compris qu'il allait bientôt pleuvoir dans la maison.

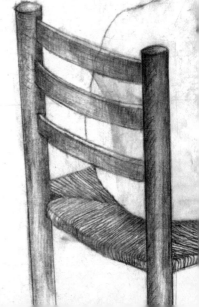

Maman me regardait, la tête penchée. Elle était incapable de parler. Elle tremblait comme un arbre que le vent secoue. De grosses larmes coulaient sur ses joues et tombaient à l'endroit où papa s'asseyait toujours.

Mais papa n'était pas là. On ne voyait que son absence. J'ai fermé les yeux. Une seule seconde a suffi pour que mes larmes trouvent leur chemin dans le noir, emportant tout avec elles.

Un accident d'auto.

Il roulait vite, trop vite. Ce n'était pourtant pas dans ses habitudes. Il avait sûrement peur d'arriver en retard à son travail, pense grand-papa. Moi, je sais juste qu'il est parti beaucoup trop tôt.

Papa a échappé sa vie dans un précipice, à une dizaine de kilomètres de la maison. Il prenait cette route tous les jours. Les policiers disent qu'il a perdu le contrôle dans une courbe, à cause de la pluie. Qu'il n'a pas pu freiner à temps parce que l'asphalte était très glissant. Son auto a plongé tête première dans le précipice.

Le corps de papa est une perte totale.

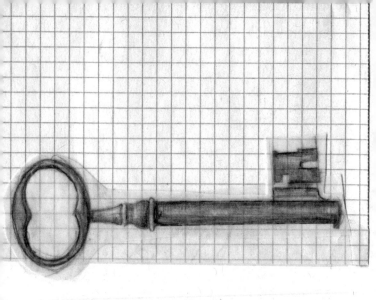

La pluie ne tombe plus depuis quelques heures. Comme si les nuages regrettaient ce qui s'est passé. Moi aussi, je le regrette. C'est un peu ma faute.

Ce matin, pour lui jouer un tour, j'avais caché ses clés. Je riais dans ma barbe. Il cherchait dans ses poches de manteau, dans les poches de son autre manteau, dans le vieux sac à main de maman, derrière la boîte de céréales, partout. Il a même regardé dans son bol, au cas où. C'est lorsqu'il a fouillé dans mes yeux qu'il a tout compris.

« Junior ! Je n'ai pas le temps de jouer… »

Je lui ai donné les clés et il est parti comme un voleur d'auto. Sans même me dire au revoir. J'aurais dû refuser de lui donner les clés et partir en courant. J'aurais dû courir. Courir comme je n'ai jamais couru de toute ma vie. Courir plus vite encore, pour arriver avant que la fin du monde ne commence.

J'aurais dû lancer ses clés de toutes mes forces dans le précipice.

Si papa était là pour fouiller dans mes yeux ce matin, il ne trouverait que des larmes. J'ai pleuré une bonne partie de la nuit. J'ai rempli tout un oreiller. Maman l'a suspendu dehors pour le faire sécher. On dirait un nuage dans un mauvais film. À la fin, papa meurt tout le temps.

Je ne vais pas à l'école, aujourd'hui. Ni de toute la semaine. C'est comme si j'étais malade. Comme si la mort de papa était contagieuse pour le reste de ma classe. Le directeur de l'école a dit à maman qu'il était avec moi dans cette épreuve, de prendre le temps qu'il faudrait. Mais j'aurais préféré aller à l'école. Ça m'aurait changé les idées noires de place. Ça me fait bizarre de penser que la chaise, derrière mon pupitre, est vide.

Exactement comme celle de papa au bout de la table de la cuisine.

On the jars: "Confiture de Fraises" and "Naturel"

 J e n'ai presque pas déjeuné. Ça bloque dans ma gorge. Je n'arrive pas à avaler ma peine.

C'est maman qui a fait à manger. Avant, c'était toujours papa qui préparait le déjeuner, parce que maman devait partir tôt pour son travail. Il savait dans quel ordre me rendre heureux : du beurre sur la tranche de pain, le beurre d'arachide par-dessus et la confiture de fraises au sommet. C'était notre petit secret. Nous étions les seuls dans l'univers à le connaître.

Maman, elle, ne connaît pas ce secret. Elle a complètement raté ma tartine. J'ai essayé de lui expliquer qu'elle ne la faisait pas comme papa. Mais je crois que je lui ai fait de la peine, parce qu'elle a échappé le couteau sur le comptoir et, elle s'est mise à pleurer, en silence. Je me suis vite excusé. Elle m'a pris dans ses bras, puis elle m'a serré très fort contre elle, le pot de beurre d'arachide encore dans la main.

Ça valait toutes les tartines de l'univers.

Maman dit qu'on ne guérira pas tout de suite. C'est normal d'être triste, il ne faut pas s'en faire. Papa comptait énormément pour nous. Il était au début de toutes nos phrases. Au bout de tous nos regards. Maintenant, il faudra apprendre à lui faire une place à l'intérieur de nous. Une maison juste à côté de notre cœur.

Le seul médicament efficace, selon maman, c'est le temps. Parce que le deuil, c'est une saison des pluies qui peut parfois durer toute une année. Parfois plus. Mais elle m'a promis que, peu importe le temps que ça prendrait, elle sera là. Pour m'écouter, pour pleurer avec moi, pour essuyer mes larmes pendant que j'essuierai les siennes.

Elle sait que le printemps finira par revenir, parce que c'était la saison préférée de papa.

Pendant que maman rencontrait à la maison des gens qui l'aideront à préparer les funérailles de papa, je suis allé au magasin pour acheter des vêtements de deuil : un habit noir pas très confortable, une chemise blanche horrible et une cravate rouge foncé, pour cacher un peu la chemise.

Ils sont trop grands pour moi, ces vêtements.

C'est grand-papa qui m'a accompagné. Il a été très prudent sur la route. Il m'a beaucoup rassuré. J'avais un peu peur au début, à cause de l'accident de papa, mais tout s'est bien passé. Nous sommes revenus vivants à la maison.

En ville, on a croisé plein de gens. Mais personne ne sem-

blait aussi triste que moi ou que grand-papa. Pas même le vendeur au magasin, pourtant tout vêtu de noir. Ça m'a beaucoup étonné. Je pensais que toute la ville pleurait papa et que les rues seraient devenues des canaux remplis de larmes. Non, pas du tout. La vie suit son cours.

C'est peut-être mieux comme ça, au fond, parce que grand-papa et moi, on n'avait pas mis nos bottes de pluie.

Hier soir, j'ai oublié de nourrir Coquillage, ma tortue. Je n'avais jamais oublié auparavant. J'espère qu'elle ne m'en veut pas. J'espère qu'elle comprend que c'était ma première journée complète sans papa.

J'étais tellement fatigué que je suis allé me coucher en arrivant du magasin. Sans même souper. Je voulais juste éteindre la lumière, ne plus voir mon existence se vider petit à petit de papa, et dormir.

Quand je dors, je me sens plus léger, moins lourd de larmes. Tout est plus facile. Je ne pense à rien, contrairement au jour, où je ne pense à rien d'autre qu'à ça.

La nuit, je ne traîne pas l'ombre de papa partout avec moi. Je ne refais pas le trajet ayant mené à sa mort. Je n'ai pas le vertige à penser à la profondeur du précipice où il est tombé. Je ne trébuche pas sur les débris de son auto.

La nuit, ma tête quitte le lieu de l'accident et elle vient rejoindre mon corps dans le lit.

Maman vient d'ouvrir les rideaux. Il fait beau. Pas un seul nuage à l'horizon. Ce matin, elle a déjà préparé mon déjeuner .

Dans l'assiette, il y a une surprise. Ce n'est pas une tartine. Elle dit que c'est sa spécialité : une omelette au jambon et au fromage. Je n'en ai jamais mangé, papa ne l'offrait pas sur son menu.

C'est rond, c'est jaune et c'est chaud. Ça ressemble beaucoup au soleil, mais avec un peu plus de jambon à l'intérieur. C'est vraiment délicieux.

Je mange avec appétit et j'en redemande. Maman est contente.

Pendant qu'elle retourne dans la cuisine, j'en profite pour nourrir Coquillage, avant qu'il ne soit trop tard. Je ne voudrais pas qu'il lui arrive la même chose qu'à papa et qu'on ne soit plus capable de la réparer.

Dans le courrier d'aujour-d'hui, il y avait une enveloppe à mon nom. Je ne sais pas si c'est à cause d'un ingrédient spécial que maman a ajouté à son ome-lette, mais je ne reçois jamais de lettre habituellement.

J'ai mis du temps avant de l'ouvrir. J'ai pensé que c'était peut-être une lettre de papa, écri-te dans un endroit secret, me demandant d'aller le délivrer. Mais j'ai dû finalement me rendre à l'évidence : sur l'enveloppe, ce n'était pas son écriture. Pas plus que celle de ses ravisseurs.

C'était une carte signée par tous mes amis de l'école. Chacun m'a écrit un petit mot d'encou-ragement, parfois avec un des-sin. Ils ont tous hâte de me revoir et de jouer à nouveau avec moi.

Ça m'a fait vraiment plaisir, parce que j'avais peur qu'ils m'oublient durant mon absence. Je craignais aussi qu'à mon retour ils ne veuillent pas d'un ami à moitié orphelin, dont le papa n'est plus le plus fort.

Heureusement, je me suis trompé.

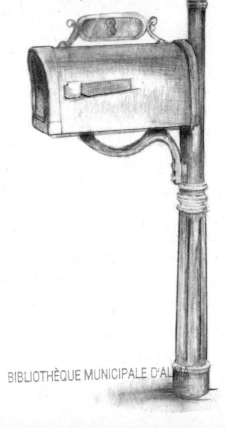

BIBLIOTHÈQUE MUNICIPALE D'ALMA

Maman m'a montré le texte sur papa dans la section nécrologie du journal.

La nécrologie, m'a-t-elle expliqué, c'est l'endroit pour dire à tout le monde qu'on a perdu quelqu'un de précieux et que ce n'est pas la peine de le chercher, on ne le retrouvera pas. C'est aussi une façon d'inviter ceux qui le connaissaient à venir lui dire adieu au salon funéraire.

Ça m'a fait bizarre. Papa n'était plus en couleur. Sa photo ressemblait à celles qu'on voit dans la vieille encyclopédie pleine de poussière de maman. Sa vie était résumée en quelques phrases courtes, comme s'il n'avait vécu que cinq minutes. Pas un mot sur ses talents de cuisinier, sur sa barbe de porc-épic, sur la longueur de ses bras, capables de faire tenir maman et moi dans un seul et même instant de bonheur.

J'aurais aimé qu'il soit écrit, avec des crayons à colorier, que papa était le meilleur papa au monde, et qu'il le savait, même si je n'ai pas eu le temps de le lui dire aussi souvent que je l'aurais voulu.

Nous sommes allés au salon funéraire, ce soir.

Il y avait des gens dans tous les coins de la pièce. Certains parlaient tout bas, en me regardant, comme s'ils échangeaient des secrets à mon sujet. J'entendais parfois mon prénom. Pendant une seconde, je me suis même demandé si c'étaient les funérailles de papa ou les miennes.

Je n'ai pas compris tout de suite où se cachait le corps de papa. Son auto brisée n'était pas dans le stationnement avec les autres autos. J'aurais pu suivre les traces de larmes au sol pour le retrouver, mais je n'avais pas envie de jouer. J'ai tiré sur la manche de maman, qui était occupée à recevoir des offres de condoléances, et je lui ai demandé : « Maman, est-ce que papa est en retard à ses funérailles ? »

Tout le monde a arrêté de parler en même temps.

Elle a pris avec amour ma main dans la sienne. Jamais sa main ne m'avait paru aussi grande. Les gens se sont écartés pour nous laisser passer. Au fond de la pièce, une grosse boîte en bois avec des poignées dorées nous attendait.

C'était un cercueil. Son cercueil.

Papa était à l'heure.

Je ne savais pas ce que je devais faire. Ce que je devais dire. C'était la première fois qu'il mourait. Tous les yeux étaient fixés sur moi. À l'exception des yeux de papa, fermés à jamais.

Je ne le reconnaissais pas beaucoup. Il était très différent du souvenir que j'en avais. Il portait un costume noir un peu trop petit pour lui. Il était habillé, rasé, et coiffé pour aller à des funérailles, sauf que c'étaient les siennes.

Il ne bougeait pas. Il ne respirait pas. On aurait dit qu'il dormait profondément. Son visage était calme. Il n'avait plus peur d'être en retard. Il avait l'air un peu triste, mais moins que moi ou que maman, qui pleurions doucement, peut-être pour ne pas le réveiller.

Au bout d'un moment, maman m'a demandé si je voulais l'embrasser sur le front, pour une dernière fois. J'ai dit non.

En face de moi, c'était à la fois mon papa, mais pas mon vrai papa. Pas celui que j'avais connu et aimé, en tout cas. J'avais trop peur d'embrasser un inconnu.

Je préférais garder le même souvenir de lui que lui de moi.

Des collègues de papa, des oncles, des tantes, des amies de maman, sont venus me voir un peu durant la soirée, pour me consoler. Tous m'ont dit que papa leur parlait souvent de moi. Qu'il était le papa le plus fier du monde entier.

Ça m'a fait du bien. C'était comme si papa me parlait à travers les mots des autres. J'ai fermé les yeux quelques secondes. J'ai essayé d'imaginer sa voix. Ses lèvres qui bougent. Son regard bleu ciel. Et sa tête perdue dans les nuages.

Ce papa-là était aussi grand que nature. Plus beau que celui dans le journal. Plus vivant que l'inconnu dans son cercueil. Il était aussi réel que mes larmes. Des larmes qu'il aurait essuyées une à une s'il avait été là. Mais il n'était plus là.

Je me suis levé et je me suis dirigé vers les toilettes. Je voulais me moucher et sécher mes pleurs une dernière fois.

Une fois pour toutes.

Dans le couloir, une fille de mon âge sanglotait, seule dans son coin. Je lui ai demandé si elle connaissait mon papa. Elle m'a dit que non, qu'elle ne savait pas qui c'était.

Je ne comprenais pas pourquoi elle pleurait, si ce n'était pas pour papa. Rien d'autre ne valait autant de larmes. Jusqu'au moment où elle a pointé du doigt une pièce, au bout du couloir. « Ma grand-maman est morte…»

C'est alors seulement que j'ai réalisé qu'il y avait d'autres morts dans le salon funéraire. D'autres histoires aussi tristes que celle de papa. D'autres larmes aussi salées que les miennes. Ça m'a rassuré un peu. Je savais maintenant que je n'étais pas le seul à savoir pleurer comme un enfant, que désormais nous étions au moins deux.

J'ai mis mes mains sur ses épaules, et je l'ai regardée dans les yeux, en silence. Elle a cessé de pleurer en même temps que moi. J'avais l'impression de me voir dans un miroir. Je l'ai embrassée sur le front, comme papa le faisait avec moi. Puis je suis parti en courant le plus vite possible, sans regarder derrière moi.

Je ne voulais pas que ma peine me rattrape.

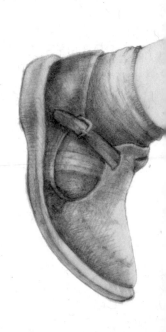

Il est une heure du matin.

Je viens de me réveiller en sueur dans mon lit. Mon coeur bat à toute vitesse. Je ne sais pas si c'est à cause de ma visite au salon funéraire, mais j'ai rêvé à papa, pour la première fois depuis son accident. C'était triste, mais ce n'était pas un cauchemar.

Maman m'avait prévenu que ça pouvait arriver. Que, parfois, au début surtout, les morts n'ont pas toujours sommeil et qu'ils viennent nous parler dans nos rêves. Sa propre mère, décédée il y a très longtemps, est souvent venue lui dire de belles choses pendant qu'elle dormait. Ce sont des rêves étranges, m'avait dit maman, où l'on rêve parfois qu'on pleure. Elle avait raison, mon rêve était exactement comme ça.

J'ai le coeur gros en ce moment. Mais je sais pourquoi :
c'est parce qu'il bat maintenant
pour deux. Papa habite bien
dans la maison à côté de mon
coeur.

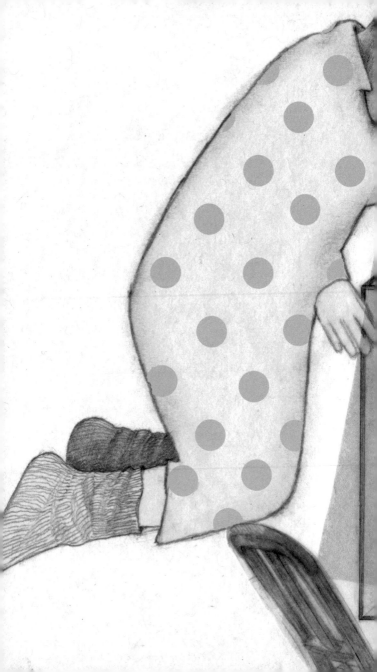

Dans mon rêve, j'échappais un oeuf dans un terrarium identique à celui de Coquillage. Il se brisait en mille morceaux et papa apparaissait, minuscule. J'étais fou de joie. Je lui parlais, Je lui disais combien j'étais heureux qu'il revienne. Je lui disais de ne pas s'inquiéter, qu'on le réparerait et qu'il retrouverait sa taille normale. Mais il ne m'entendait pas. Il ne me regardait pas.

Je me suis alors mis à pleurer et le terrarium a vite été rempli d'eau. Papa a nagé vers moi. Je l'ai pris dans mes mains, pour ne pas qu'il se noie dans mes larmes. Il a ouvert les yeux.

« Tout se répare, c'est vrai Junior, mais parfois c'est pour devenir autre chose. Mon auto détruite ne redeviendra jamais une auto, mais avec son métal on en fera peut-être ton prochain vélo. Avec ce vélo, tu prendras la clé des champs et tu pédaleras loin. Toutes tes larmes sècheront au vent. Puis tu reviendras en souriant, sachant que je suis de tous tes voyages.

Je suis revenu pour te dire au revoir, Junior. N'oublie pas de prendre soin de ta tortue. Tu es comme un papa pour elle. Le meilleur de tous les papas. »

Le matin, j'ai décidé de tout raconter à Coquillage. L'auto qui dérape sous un ciel qui pleure déjà. Papa que personne ne peut réparer, pas même les meilleurs mécaniciens. Papa parti plus vite qu'une tortue. Papa mort pour les autres, mais encore vivant dans mon coeur et dans celui de maman. Le son différent du silence depuis qu'il n'est plus là. Son ombre qu'il a oubliée d'emporter avec lui. Et les jours trop longs, et les vêtements de deuil trop grands, et les larmes trop nombreuses.

Tout.

Coquillage m'a écouté du début à la fin, sans m'interrompre une seule fois. Je crois qu'elle a eu de la peine. La preuve, c'est qu'une fois l'histoire de papa terminée, elle a rentré sa tête dans sa carapace. Quelques secondes plus tard, elle en est ressortie les yeux pleins d'eau.

Pour la consoler, je l'ai prise doucement dans ma main. J'ai caressé sa carapace avant de murmurer à son oreille que plus jamais je ne l'oublierais. Dorénavant, lui ai-je dit, nous vivrons le deuil de papa ensemble.

Ce sera notre petit secret, qu'on ne répètera à personne.

Après un repas, mangé du bout des lèvres en compagnie de grand-papa, nous avons pris la direction d'une des journées les plus tristes de notre vie. Nous allions dire adieu à ce qu'il restait de papa. Nous allions enterrer le plus beau trésor que maman et moi n'avions jamais trouvé.

Il fallait d'abord se rendre au salon funéraire pour le départ du cortège. Là-bas, une limousine

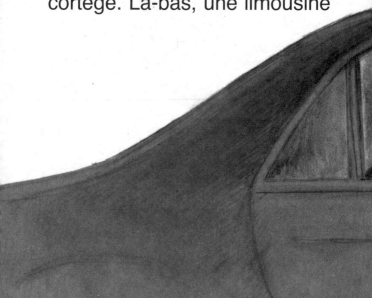

aux vitres fumées nous attendait
pour nous emmener au cimetière. Le cercueil de papa était déjà
dans le corbillard. Nous l'avons
suivi. Durant le trajet, maman
semblait préoccupée. Elle regardait souvent dans son sac à main.

Peu de temps avant d'arriver
au cimetière, nous avons croisé
une auto identique à celle que
possédait papa. Je voulais crier
à notre chauffeur de freiner, de

conduire à reculons, que papa avait changé d'idée et qu'il retournait à la maison, que nous retournions tous à la maison. Ensemble et heureux. Puis je me suis souvenu que l'auto de papa était morte, elle aussi.

J'ai pris la main de maman et je l'ai mise sur ma bouche, pour ne pas crier.

C'était la première fois que j'entrais dans un cimetière. J'avais peur d'avoir peur. Mais non, pas de fantômes, pas d'esprits, pas de zombies. Seulement des arbres magnifiques. Leurs feuilles d'automne tombaient au sol et faisaient un beau tapis de couleurs qui amortissait un peu notre chagrin.

L'auto s'est garée près d'un gros trou. Maman m'a indiqué que c'était là que papa allait être enterré. Une pierre tombale, entourée de fleurs, surplombait la fosse. J'ai failli m'évanouir et y tomber lorsque j'ai lu, inscrit sur le marbre, mon nom. Mais heureusement, c'était aussi celui de papa. Son année de naissance et celle de sa mort, gravées sur la pierre, dissipaient mes dernières craintes.

J'avais la vie sauve, je restais en haut du précipice.

De vieux messieurs habillés en noir ont ensuite transporté le cercueil de papa. Ils l'ont déposé au-dessus de la fosse, sur une sorte de civière. La cérémonie allait pouvoir commencer. Des gens de notre famille et des amis se sont approchés. Grand-papa a mis sa main sur mon épaule, maman sur l'autre.

Nous formions autour de son cercueil un grand cercle. Aussi rond qu'une larme énorme.

Maman a pris la parole, après une minute de silence, à la mémoire de papa. Elle a d'abord remercié tous les gens présents de leur soutien. Puis, en me regardant dans les yeux, devant tout le monde, elle a raconté l'histoire de ma naissance.

« Junior devait avoir vraiment hâte de rencontrer son papa, parce qu'il y a sept ans, il nous a pris par surprise dans une animalerie, alors que j'étais enceinte de lui depuis seulement sept mois. Tout s'est fait très vite. Tellement vite que son papa a décidé que, lorsque Junior serait plus vieux, nous retournerions dans cette animalerie lui acheter une tortue, pour lui apprendre la lenteur. Ce que papa ne savait pas, Junior, c'est qu'elle t'apprendra aussi à te faire une carapace. Dans ton coeur, dans cette tor-tue, il y aura toujours un peu de papa. J'ai une surprise pour toi, Junior…» Elle a alors sorti Co-quillage de son sac à main, et me l'a tendue.

J'aurais voulu avoir un tabou-ret et monter dessus, pour être aussi grand que maman. J'aurais aimé la prendre dans mes bras pour que nos larmes tombent exactement de la même hauteur.

La cérémonie s'est poursuivie, chacun rendant hommage à papa. C'était si beau et j'étais si fier que je rougissais pour lui. Son meilleur ami a conclu en disant que, dans quelques mois, quelques années, nous aurons sans doute oublié la couleur de son auto. Mais que nous nous souviendrons encore du bleu de ses yeux.

Un homme a ensuite actionné un mécanisme pour déposer le cercueil au fond de la fosse. Grand-papa s'est avancé et a pris la pelle. Il m'a regardé longuement, comme s'il voulait s'excuser à l'avance de ce qu'il allait faire, des larmes qu'il allait un jour me causer, lui aussi. Je lui ai fait signe que oui, que je comprenais.

La première pelletée de terre
est tombée sur le cercueil de
papa, produisant un son qui ressemblait à celui d'une porte
qu'on ferme très fort. Je savais
maintenant qu'on ne pourrait plus
jamais revenir en arrière. Papa
était bien mort et enterré, sous

un arbre qui tremblait, secoué
par le vent. C'était sa nouvelle
adresse, celle où je viendrais le
voir avec maman.

Et qui sait, peut-être même
seul, en vélo.

Après la cérémonie, nous nous sommes tous retrouvés dans une grande salle près du cimetière, pour une réception à la mémoire de papa. Rien de très compliqué : de l'eau, du café, des jus. Il y avait également un petit buffet froid où les sand-wiches étaient tranchés. Les croûtes avaient été enlevées.

Des gens qui n'étaient pas présents à la cérémonie ont pro-fité de l'occasion pour venir nous saluer, maman et moi. Mon pro-fesseur, par exemple. Ça m'a fait tout drôle de le revoir. Je lui ai demandé comment allaient mes amis, il m'a demandé comment allait ma tortue.

Je me suis chargé des pré-sentations, car ils ne se connaissaient pas. Elle était occupée à manger de la laitue. Mon professeur, intrigué, a voulu savoir pourquoi elle se prénommait Coquillage. Je lui ai expliqué que c'était une idée de papa. Il s'était rendu compte que, lorsque l'on approchait suffisamment notre oreille, par un jour de pluie, on pouvait l'entendre rêver de la mer, là d'où viennent ses ancêtres.

Au même moment, Coquillage a regardé vers la fenêtre : il commençait à pleuvoir.

I l a plu toute la fin de semaine, en fait.

Il pleut encore. À la météo, ils ont dit que ça devrait se poursuivre jusqu'à demain. D'ici la fin du mois d'octobre, un record mensuel de précipitations pourrait même être battu. J'ignore si nos larmes de la dernière semaine sont comptées dans leurs calculs. Tout ce que je sais, c'est que demain, pour mon retour à l'école, je devrai enfiler mon imperméable vert et mes bottes de pluie.

En attendant que le bleu des yeux de papa remplisse à nouveau le ciel, maman et moi restons à la maison pour nous reposer. Nous faisons de petites siestes sur le divan, pendant que Coquillage monte la garde sur

le bord de la fenêtre, en rêvant les yeux ouverts. Nous cuisinons, nous jouons et nous lisons des histoires. Nous apprenons petit à petit à nous faufiler entre les gouttes de pluie.

Ensemble, sans jamais oublier papa, nous reprenons notre souffle là où nous l'avions laissé avant l'accident. Chaque jour, chaque nuit, lentement, nous revenons un peu plus à la vie.

Lentement, mais sûrement.

Comme une tortue.

Mario Brassard

Si vous rencontriez Junior dans la rue, marchant main dans la main avec sa mère, ou encore pédalant sur son tout nouveau vélo, vous ne le reconnaîtriez sans doute pas. Moi-même, qui suis pourtant l'auteur, je ne suis pas sûr que je le reconnaîtrais. C'est que l'on sait très peu de choses sur lui. Junior est un garçon, bien sûr, mais de quelle couleur au juste sont ses cheveux ? Sont-ils bruns, sont-ils noirs ? Ou plutôt blonds, comme ceux de son père ? Les portent-ils courts ou longs ?

Remarquez, ce n'est pas très important, ses cheveux. Ni le fait que ce soit un garçon plutôt qu'une fille. Parce qu'il n'y a pas qu'un seul Junior dans la rue, dans les rues. Ils sont plusieurs à partager sa peine, ici comme ailleurs, garçons et filles. Qu'ils aient perdu leur père ou leur mère, ces enfants ont la particularité d'avoir des yeux de grands voyageurs, remplis de souvenirs précieux et inoubliables. Des souvenirs parfois tristes, oui, mais toujours hauts en couleur. C'est pourquoi ils ont ces yeux d'arc-en-ciel, ces yeux d'après la pluie.

Par ce livre, je voulais leur rendre hommage, raconter leur histoire, qui est la nôtre à tous.

Suana Verelst

 Dès que j'ai eu terminé la lecture du premier chapitre de *La saison des pluies,* je me suis tout de suite sentie envoûtée par la façon poétique de Mario Brassard d'aborder la mort du père. Je me suis sentie attirée par l'histoire, les mots, l'atmosphère et surtout par les émotions que Junior vivait.

Ce sont ces émotions que j'ai voulu coucher sur papier. Et, tout au long de mon travail, j'ai voulu me glisser dans la peau d'un petit garçon de sept ans pour mieux transcrire la peine ressentie et le poids incomparable de cette perte du père tant aimé.

MA PETITE VACHE A MAL AUX PATTES

39. *Gustave et Attila*, de Marie-Andrée Boucher Mativat, illustré par Pascale Bourguignon. Prix d'illustration du Salon du livre de Trois-Rivières 2003, catégorie Relève.

40. *Le trésor d'Archibald*, de Carmen Marois, illustré par Anne Villeneuve.

41. *Joyeux Noël monsieur Bardin !* de Pierre Filion, illustré par Stéphane Poulin.

42. *J'ai vendu ma soeur*, écrit et illustré par Danielle Simard. Prix du Gouverneur général du Canada 2003, finaliste au Prix d'illustration du Salon du livre de Trois-Rivières 2003, catégorie Petit roman illustré.

43. *Les vrais livres*, de Daniel Laverdure, illustré par Paul Roux.

44. *Une flèche pour Cupidon*, de Linda Brousseau (épuisé).

45. *Guillaume et la nuit*, de Gilles Tibo, illustré par Daniel Sylvestre.

46. *Les petites folies du jeudi*, écrit et illustré par Danielle Simard. Prix Communication-Jeunesse 2004, Grand Prix du livre de la Montérégie – Prix du public 2004.

47. *Justine et le chien de Pavel*, de Cécile Gagnon, illustré par Leanne Franson.

48. *Mon petit pou,* d'Alain M. Bergeron, illustré par Sampar. 4e position au Palmarès de Communication-Jeunesse 2004.

49. *Archibald et la reine Noire*, de Carmen Marois, illustré par Anne Villeneuve.

50. *Autour de Gabrielle*, des poèmes d'Édith Bourget, illustrés par Geneviève Côté. Prix France-Acadie 2004, Finaliste au Prix du Gouverneur général du Canada 2004.

51. *Des bonbons et des méchants*, de Robert Soulières, illustré par Stéphane Poulin.

52. *La bataille des mots*, de Gilles Tibo, illustré par Bruno St-Aubin.

53. *Le macaroni du vendredi*, écrit et illustré par Danielle Simard. Grand Prix du livre de la Montérégie – Prix du public 2005.

54. *La vache qui lit*, écrit et illustré par Caroline Merola.

55. *Monsieur Bardin sous les étoiles*, de Pierre Filion, illustré par Stéphane Poulin.

56. *Un gardien averti en vaut…trois*, d'Alain M. Bergeron, illustré par Sampar.

57. *Marie Solitude*, de Nathalie Ferraris, illustré par Dominique Jolin.

58. *Maîtresse en détresse*, de Danielle Simard, illustré par Caroline Merola, Grand Prix du livre de la Montérégie – Prix du public 2006.

59. *Dodo, les canards !* d'Alain Raimbault, illustré par Daniel Dumont.

60. *La chasse à la sorcière*, de Roger Poupart, illustré par Jean-Marc St-Denis.

61. *La chambre vide*, de Gilles Tibo, illustré par Geneviève Côté. Finaliste au Prix des bibliothèques de la Ville de Montréal 2006.

62. *Dure nuit pour Delphine*, de Johanne Mercier, illustré par Christian Daigle.

63. *Les tomates de monsieur Dâ*, d'Alain Ulysse Tremblay, illustré par Jean-Marc St-Denis.

64. *Justine et Sofia*, de Cécile Gagnon illustré par Leanne Franson.

65. *Le mauvais coup du samedi*, écrit et illustré par Danielle Simard. Grand Prix du livre de la Montérégie – Prix du public 2007.

66. *Les saisons d'Henri*, des poèmes d'Édith Bourget, illustré par Geneviève Côté. Finaliste au Prix du Gouverneur général du Canada 2006.

67. *Jolie Julie*, de Gilles Tibo illustré par Marie-Claude Favreau.

68. *Le jour de l'araignée*, d'Alain M. Bergeron, illustré par Bruno St-Aubin.

PROTÉGEONS NOS FORÊTS

Ce livre a été imprimé sur du papier Sylva enviro 100 % recyclé, traité sans chlore, accrédité Éco-Logo et fait à partir d'énergie biogaz.

Achevé d'imprimer
à Cap Saint-Ignace
sur les presses de Marquis Imprimeur
en janvier 2011